LA CONJURA DE LOS TERCIOS

PRIMERA EDICIÓN
Febrero 2024

© Miguel Ángel Carcelén Gandía, 2024

© De esta edición: Eolas ediciones

Director de la colección: Héctor Escobar

Diseño y maquetación: Martín Errand

Dep. legal: LE. 63–2024
ISBN: 978–84–10057–24–1

Impreso en España — Printed in Spain

Con la colaboración de:

La conjura de los tercios

Miguel Ángel Carcelén Gandía

Ganadora de la tercera edición
del Premio del Concurso Literario
APROGC 2023

EOLAS
ediciones

Todas las almas son inmortales,
pero las de los justos y héroes
son divinas.

Cicerón

*A la memoria de los
guardias civiles asesinados por ETA,
justos y héroes todos ellos*

UNO

El problema es que cuando solo llevaba tres meses en Intxaurrondo ya había agotado todos sus tiempos muertos y aquel partido no venía con descanso. «Pero ¿cómo me voy a ir a vivir a Santander?, voy a hacer más kilómetros que un buhonero». Y si hubiera atendido la recomendación de los compañeros, acaso el servicio a la patria en tierra de misión no se le hubiera hecho tan cuesta arriba. Pero había llegado al punto de no retorno, de no ver salida alguna. No le molestaba ser un héroe durante sus horas de trabajo, y jugarse la vida y lo que fuera menester cuando tocara, pero ejercer de adalid del bien las veinticuatro horas del día resultaba desquiciante. A lo largo de las patrullas lidiaban con peligros reales y, lo que era peor, con el recelo de la ciudadanía. No todo el mundo estaba contra ellos, sin embargo, demostrar algún tipo de acercamiento hacia la Guardia Civil equivalía a significarse y, en aquel contexto, quien no quisiera problemas mejor miraba hacia otro lado. Hasta ahí todo casi normal, dentro de lo comprensible, mas cuando colgaba el uniforme y libraba, no dejaba de percibir la sensación de rechazo o de, cuando menos, prevención. Bajar a comprar la barra de pan resultaba frustrante, nadie saludaba, contestaban a regañadientes y en murmullos, respiraban aliviados cuando Ramón salía del establecimiento. Y otro tanto cabía decir del bar, y del gimnasio, y del cine, y... ¿Llevaba escrito en el rostro que era guardia civil? No, pero tantas décadas respirando el terror habían desarrollado en aquellas gentes un sexto sentido que alertaba del peligro, y él era el peligro. Duro resultaba aceptar que su principal misión no consistía en defender a los ciudadanos, sino en defenderse a sí mismo de la sociedad, y luego lo que viniera por añadidura. Ni en su piso se sentía seguro, escuchando ruidos sospechosos a todas horas, interpretando cualquier arañazo casual en su buzón como una seña que lo marcaba como próximo objetivo de los terroristas.

—Nosotros somos búfalos, Gómez, cientos de búfalos, y estamos a merced de una triste manada de leones —le explicaba con infantiles metáforas—. Ellos atacan a traición, de otro modo no tendrían éxito, ¿y qué hacemos nosotros? Correr en otra dirección cuando vemos que se nos acercan cuatro leones. ¡Por Dios! Un león no tiene nada que hacer contra un búfalo. Que se me encaren uno a uno los etarras más sanguinarios, que me los meriendo.

—Ramayo, si tú mismo me estás dando la razón, ¿cuándo van a ir a por ti de uno en uno? Nunca. Se fijan mucho en quién es más vulnerable y lo acorralan…

—Y es entonces —interrumpió, satisfecho de haberlo llevado a su terreno— cuando los demás nos hacemos los locos. Mira, treinta etarras no debieran poder contra tres mil guardias civiles, lo mismo que cinco leones no debieran asustar a una manada de cuatrocientos búfalos. A donde quiero ir a parar es a que nos comportamos igual que los búfalos, como animales irracionales, en lugar de permanecer como una piña para que ningún león nos pueda separar del resto. Y no solo eso, sino que siendo tantos como somos, nuestra obligación es arremeter contra los leones aun cuando no nos estén molestando, ¿o es que estoy equivocado?

Gómez suspiraba y entornaba los ojos:

—Si todos estuviéramos concienciados de ello y además nadie dependiera de nosotros, sería como tú dices; ahora bien, cuando a mamá búfala le llega una carta diciendo que o se vuelve a su país o sus bufalitos van a saltar por los aires el día menos pensado, ¿hace mal en poner pies en polvorosa? Y papá búfalo se queda porque las habichuelas son las habichuelas, pero con malditas las ganas.

Era otra manera de enfocarlo, y nunca lo había visto así. Porque él sí estaba dispuesto a dar la vida por acabar con el terrorismo, sí, pero claro, había compañeros que no tenían que elegir entre dar su vida o huir, sino que se añadía una tercera variable, la de la familia. Y pensaba en su madre, y ya entendía todo.

El tiempo comenzó a pesarle y el aire de San Sebastián a dolerle. Aguantar en aquella zona de conflicto un año se antojaba dolorosísimo, plantearse permanecer los dos previstos resultaba demoledor. Cumpliría el año en el País Vasco y pediría destino a las islas, donde tampoco los compañeros se daban bofetadas por ir. Un año de tensión contrarrestado por otro casi sabático. Y en esa espera solo se consolaba con los artículos que, de vez en cuando, recortaba para él el brigada Segovia: «Toma, Ramayo, léetelo y luego lo enmarcas, que bien se lo merece. Este paisano mío no solo escribe las cosas que hay que escribir, sino que sabe cómo hacerlo». El título del artículo era «El bueno de Txomin», y decía así:

Supongamos que se trata de un etarra. Un ETARRA, nada de preso político. Supongamos también que tengo por costumbre llamar a los etarras desalmados y mononeuronales. Supongamos que la única neurona operativa les sirve para saber apretar un gatillo o colocar un detonador. Supongamos que este etarra se apellida Txomin y es un histórico (aclaro que el término histórico aplicado a estos cobardes es una sinrazón). Supongamos que Txomin carga sobre sus espaldas varias condenas por atentados y alguna que otra muerte. Supongamos que está encarcelado en una prisión española. Acabo las necesarias suposiciones. Necesarias porque enseguida te pueden acusar de revelar datos confidenciales de personas presuntamente respetables, por más que demostrado esté mil veces su nula ética y moral. Pues a lo que íbamos. De Txomin se pueden decir muchas cosas, y es necesario decirlas porque no aparecen en los telediarios ni en los reportajes sobre bandas criminales. Son cosillas de andar por casa. Insisto que necesarias de conocer porque todavía hay mucho deficiente suelto que idealiza a quienes creen defender una patria inexistente a base de amenaza, extorsión y asesinato. De Txomin puede decirse que dentro de la prisión utiliza la ley a la que combate para hacer valer sus derechos. De pequeños decíamos ante cualquier amenaza: «Se lo voy a decir a mi primo, que es muy fuerte». Ahora Txomin y compañeros mártires enseguida recitan: «Voy a ponerle una denuncia ante el juez de vigilancia». ¿Y sabéis lo peor? Pues que el mismo juez de vigilancia a quien seguramente tenían entre sus objetivos los criminales de ETA, les suele dar la razón. Lo peor o lo mejor, según se mire. Porque cuando los mononeuronales llevan razón es de recibo el dársela, por mucho que nos duela, que para eso nos diferenciamos de ellos. Que me voy del tema. Txomin y compañía son tan valientes en la calle como cobardes dentro de la cárcel, en igualdad de condiciones con traficantes de droga, violadores, ladrones, asesinos pasionales… Y son tan duros combatientes por la causa que si no se les coloca en una celda individual ya están amenazando, y si el correo —su correo particular— les llega con retraso lanzan todo tipo de juramentos en castellano. Y Txomin y compañía son tan tan tan vascos que la mayoría de ellos son incapaces de hablar el euskera. Y tan abnegados que disponen de muchísimo dinero para comprarse en los economatos cosas tan de hombres como palmeras de chocolate, cereales inflados, latas de mejillones, y si falta algún producto de los expuestos en la lista se enfadan como chiquillos de cuatro años. Que nadie les tosa por asesinar a niños y que nadie les hurte su litro diario de leche de economato. Y otra cosa, cuando la comida servida no es de su agrado hacen plantes y huelgas de hambre. Aunque quien conoce a estos desalmados ya sabe qué clases de huelgas son las suyas, huelgas de hambre en las que engordan. No comen de cara a la galería, pero se inflan a escondidas con productos del economato. ¿Qué más cosas? Que Txomin exige que el médico de la prisión se persone inmediatamente si le duele un poquito la cabeza, «porque es un derecho reconocido en la ley», vocifera. Y no se le puede contestar que en la ley también se recoge el derecho a la vida de cualquier ciudadano de los que hoy descansan bajo tierra gracias a su fanatismo. Pero no todo va a ser negativo. Txomin, por ejemplo, a veces se acuerda de que uno tiene corazoncito y habla de lo personal: «Funcionario —dice—, la matrícula de su coche es tal, tal y tal, ¿a que sí?». Y uno se acuerda de los muchos derechos que tienen los presos y sus familiares y los pocos que poseen los que se encargan de custodiarlos. Tampoco cuesta tanto evitar que las visitas de los etarras tengan acceso visual a los aparcamientos de funcionarios, creo.

—Si yo supiera escribir, habría hecho algo muy parecido a esto —concedió Ramayo a su superior tras releer aquellas líneas.

—Ya te lo había avisado. Este Juanma es un fenómeno.

—Sí, no es frecuente que los periodistas digan las cosas tan claras en este asunto.

—¿Qué periodista? Juanma es funcionario de prisiones, ¿cómo si no iba a conocer esos detalles? Escribe por afición o porque, aunque le cueste reconocerlo, está hasta el moño de que pasen las cosas que pasan.

Funcionario de prisiones. Y vivía y trabajaba, según le confesó el brigada, en Nanclares de Oca, en primera línea de fuego, por lo que publicar aquellas reflexiones le otorgaba un doble mérito.

—Pues me gustaría conocerlo, solo para decirle que es admirable su valentía.

—Y con familia, que alguna vez os he escuchado discusiones sobre lo de siempre y no ha faltado la alusión a la excusa de la familia.

El brigada Segovia también vivía donde trabajaba y en compañía de los suyos. «Estaría bueno que en pleno siglo xx me tengan que dictar unos encapuchados dónde y con quién he de vivir; hasta ahí podíamos llegar», se ufanaba de su decisión ante el resto de los compañeros y subordinados.

El tiempo acabaría quitándole la razón.

DOS

Pertenecer al Cuerpo de Ayudantes de Instituciones Penitenciarias (vulgo carceleros) no era cualquier cosa, ¡vaya que no! Cuando aprobó la oposición supo que en ese empleo jamás lo vencería la rutina. Pero supo mal.

—Yo pasé por lo mismo que tú, aunque te cueste creerlo, chaval. Pero es verdad, cuando te veo me veo a mí mismo hace bastantes años —el compañero sostenía una cerveza mediada en la mano derecha, en la izquierda agonizaba una colilla—. En nuestra profesión se pasa de la adolescencia a la vejez sin solución de continuidad. Y si no, al loro.

Álvaro ya era viejo; fue dejando la juventud en pisos de alquiler en los cuatro puntos cardinales de España, en amores mercenarios de cubata de garrafón, en encuentros casuales que no terminaban de cuajar por inconsciencia, en coches solo aptos para impresionar, en desarraigos completos.

—Chaval, las prisiones ahora son patios de colegio, en mis tiempos uno se jugaba el tipo a diario, entrar en la Modelo de Valencia, o en Carabanchel, eso sí era trabajar.

A las dos menos cuarto de la madrugada, agotadas las reservas etílicas del frigorífico y multiplicados los bostezos de Álvaro, Castellanos decidió marcharse.

Poco después conseguía conciliar el sueño. Era curioso, se había acercado a la casa de su compañero de módulo para intentar desahogarse, y había sido él quien había terminado consolando al otro. No encontró a Álvaro receptivo para soportar una chapa de media hora; bastante tenía el pobre muchacho con su depresión. Lo que no entendía era por qué si tan jodido estaba había elegido en el concurso de traslados la plaza en Nanclares de Oca. ¡Justo! Irte al País Vasco para terminar de alegrarte el cuerpo. Y lo sentía por el muchacho, vaya que sí, porque los meses que compartió módulo con él, el de los primeros grados, había congeniado a las mil maravillas. De momento, ya que no le dejaban otra vía de escape, continuaría desahogándose con sus escritos en el periódico.

TRES

Recordaba a la perfección aquel día por dos motivos; el primero, porque se había desayunado con la lectura de un nuevo artículo de Juan Manuel Puente Gracia y le habían sabido mucho mejor aquellas palabras que el café con leche y las tostadas; el segundo, porque había visto perder los estribos al brigada Segovia. No tenía por costumbre detenerse en aquello que no fueran titulares durante el desayuno, en parte porque le gustaba llegar al trabajo con tiempo suficiente para que a quien relevaba le participara las novedades con tranquilidad, y en parte porque le gustaba darle el repaso en profundidad a la prensa en la duermevela de la siesta. Sin embargo, el título de aquella columna hizo que los ojos se le fueran como hipnotizados al contenido. ¿Qué desaprensivo podía rotular su escrito con tamaña provocación? «En defensa de Eta». Juan Manuel Puente Gracia, Juanma, el paisano o amigo del brigada, confirmó al término de la lectura, si bien a las dos líneas ya sospechaba que podía tratarse de él. ¡Bien hecho!, se dijo. Y se dirigió al trabajo alegre, eufórico, como si en ese turno le fueran a conceder una medalla al mérito. En el cuartel se quedó con ganas de comentar con Segovia el escrito, el brigada disfrutaba de su turno saliente, pero ocasión habría para ello. Le reiteraría sus deseos de que le presentara al tal Juanma. Mas el desarrollo de los acontecimientos impediría que aquellos hombres volvieran a tratar el tema con el arrojo que los caracterizaba. Asuntos más graves fueron de los que tuvieron que hablar al reencontrarse esa misma tarde.

La pareja de Ramón para ese día fue Felipe Pinto, un gallego al que apodaban Sócrates por su parecido con el futbolista brasileño. De aquel servicio habían pasado miles de años, siglos, y todavía recordaba el tictac como si lo estuviera oyendo. ¿En qué año fue, exactamente?, ¿en el ochenta y seis?, ¿en el ochenta y ocho? El tictac y la explosión controlada de horas después, tras desalojar a los chiquillos por las ventanas traseras con el tiempo mordiéndoles los músculos. Tictac como hilo musical de los siguientes meses; tictac como melodía de fondo de los juramentos de Segovia, el brigada que estrelló su tricornio contra el suelo cuando supo que, por fin, sus dos hijas, alumnas de ese colegio, se hallaban a salvo. El brigada Segovia, uno de los pocos búfalos que le habían plantado cara a los leones, y que a punto había estado de perder a las crías. Aceleró el traslado a Sevilla alegando motivos de salud. Que no paraba de oír un tictac que lo desquiciaba, argumentaba. ¡Cuánto lo criticaron los demás! Había venido queriendo sentar cátedra con lo que había que hacer, presumiendo de sus métodos y de ser el novio de la muerte, y qué poco le había durado el arrojo. Que oía tictac, se reían de él a sus espaldas. La mayoría, Ramón no, porque él también oía tictac. Recurrió a las pastillas, que lo atontaban mientras no estaba de servicio, sin acallar del todo la tortura del tictac, intentaba dormir con auriculares escuchando su música favorita, la de Peter, Paul and Mary, y ni siquiera los acordes tranquilizadores de «Five hundred miles» o de «If I had a hammer» encubrían el demoledor tictac. Solo pudo con él —y a veces aún lo escuchaba— un ruido atroz, agudo e instantáneo, duplicado. Un ruido que le haría perder la confianza en el género humano durante lustros. Y no se distanció en el tiempo de la deserción del brigada. El ruido de la muerte.

CUATRO

Convencido de que se hallaba en la cuenta atrás para su petición de traslado hizo caso a quienes bien lo querían y aprovechaba los días libres para alejarse de Intxaurrondo. Aquel día de setiembre tomó la A-1 en busca de anonimato y vio desfilar los letreros de Martutene, Hernani, Andoain, Villabona, Tolosa, Beasain… El tictac se había hecho insoportable tras toda una noche de servicio y decidió parar ahí. Sonaba bien el nombre de Beasain, y le hacía falta respirar aire puro. Aparcó a las afueras y caminó en dirección a la torre. No tenía prisa alguna, pero había aprendido que para camuflarse lo mejor era caminar decidido, dando la impresión de saber hacia dónde se iba; con todo, enseguida comenzó a percibir miradas recelosas. Más de lo mismo. Para eso no merecía la pena consumir kilómetros. Deshizo el camino y decidió pasear por el campo. No había caminado mucho cuando entró en lo que parecía un caserío. Ordicia leyó al momento, y al doblar un recodo vio que se trataba de un pueblo. Otro mundo. Las mismas gentes, pero con otra actitud. Incluso alguien lo saludó, tal vez confundiéndolo, acaso por educación. Se llegó hasta la plaza y por primera vez en mucho tiempo se sentó en uno de los bancos con la sensación de seguridad que le procuraba un entorno casi bucólico: una fuente cuyas aguas al caer en chorro componían filigranas graciosas chapoteando, en lugar de sonar a tictac, unos perros husmeando los setos bajo la orgullosa vigilancia de sus dueños, un par de chavales, tres abuelos jugando a la petanca, una madre paseando con su hijo. Estiró las piernas y se relajó. Se durmió. Sesteaba con cierta prevención, de cuando en cuando abría los ojos y comprobaba que todo seguía en su sitio, los abuelos, los perros, la mujer con el niño. Lo más tranquilizador era que nadie reparaba en él, ¡qué gozo de sensación! Entrecerró de nuevo los ojos y ya no los volvió a abrir hasta segundos después, o siglos, porque no sabía durante cuánto tiempo había bajado la guardia. Un ruido agudo, atroz, seco, lo despertó. Instintivamente se tiró al suelo y se llevó la mano a la sobaquera, en busca de la pistola. Lo primero que vio fue a los perros, un golden retriever montando a una pastor alemán. Los chavales no los miraban, sino que su vista estaba fija en otro punto, en el centro de la plaza, donde un personaje nuevo en la escena, un hombre de melena rizada y barba abundante, apuntaba con un revólver a un cuerpo tumbado sobre el cemento. El niño lloraba sin ruido. Entonces se oyó el segundo disparo, el tiro de gracia, el remate, el broche de la ejecución sumarísima. Y la mujer abatida cesó en sus convulsiones.

Ramón lo vio todo a cámara lenta, cómo el asesino aguantaba la mirada del niño, escondía el arma en la parte de atrás del pantalón y se alejaba tranquilamente, cómo los muchachos desaparecían sin volver la vista atrás, cómo los ancianos de la petanca se marchaban sin recoger sus bolas, nada apresurados, pero convencidos de que eso era lo que tocaba. Y Ramón rebuscaba en su sobaquera y encontraba hueco, no la Star que lo libraba de todo mal. No se le había caído la pistola con el brusco movimiento, es que la había dejado en el coche. Un detalle más que evidenciaba hasta qué punto lo afectaban las pastillas, la ansiedad, el insomnio y los viajes sin rumbo. Si hubiera sido él el objetivo, no estaría levantándose y corriendo hacia el niño, que continuaba llorando sin lágrimas y sin sonido. El pequeño, al verlo, señaló el cadáver y repitió: «Ama, ama, ama…». La plaza se despejó como por ensalmo y nadie se asomó a ventanas o balcones, no hubo curiosos, como en la canción de Pedro Navaja, y el miedo de Ramón a ser descubierto como enemigo en tierra hostil pudo más a su leve deseo de seguir tras la pista del pistolero. Además, ¿con qué iba a reducirlo?, ¿con su navaja de Albacete? El niño tironeó de sus pantalones: «Ama, ama, ama…». Todo continuaba sucediendo a cámara lenta. Debía sobreponerse y actuar como un profesional. Debía llevarse al crío de allí y alertar a sus compañeros, llamar a una ambulancia, si bien el cráneo destrozado de la víctima patentizaba la inutilidad de cualquier auxilio médico; dudaba mucho de que alguien hubiera dado la voz de alarma ya. Pero no podía moverse; sus brazos y piernas parecían decirle que todavía no les tocaba moverse, que antes debía de soplar la brisa que terminara de mover las copas de los árboles de la plaza, y antes aún era preciso que el agua del chorro de la fuente impactara sobre la cubeta, y el vuelo de los carboneros cesase, posándose en alguna rama. Consiguió aupar al niño y esconderle la cabeza en su pecho.

En esa posición de estatua lo encontró la Ertzaintza. Quería hablar, quería gritar que no dispararan, que era guardia, quería caminar y alejar cuanto antes de allí al crío, sin embargo, sus pies no obedecían. Aun en circunstancias tan extremas Ramón no pudo evitar el pensamiento de que aquellos policías iban vestidos como directores de pista de circo, y con un atuendo semejante no podían ser tomados en serio. No le dieron el alto, no lo encañonaron, no lo registraron, le quitaron al niño y lo llevaron hasta un banco. Tiempo después cavilaría que habían tardado en llegar unos cinco o seis minutos, diez a lo sumo; de lo que no albergaba dudas era de que la ambulancia se demoró más de media hora. Él se presentó ante los agentes como compañero, y enseñó su carné profesional. No le tomaron declaración y no exageraba al relatar que lo que hicieron fue echarlo de la plaza. Por no sabía qué extraño motivo les convenía que no hubiera testigos del crimen, que así fue como figuró en la prensa:

Nadie vio nada ni quiso hacer declaraciones. Sin embargo la plaza del Soldado Vasco de la localidad de Ordicia —capital de comarca de Goierri— estaba concurrida en el momento en el que una persona alta, morena y a cara descubierta realizó dos disparos sobre «Yoyes», que paseaba junto a su hijo de tres años. Dolores González de Catarain huyó al País Vasco Francés en 1973, donde entró a formar parte de la Ejecutiva de ETA de la mano de su mentor José Miguel Beñarain «Argala». Tras el asesinato de «Argala», dirigió ETA junto a Eugenio Etxebeste «Antxon», hasta que en 1979 fue detenida por la policía francesa y confinada en México, donde comenzó a alejarse de las tesis de la banda, sobre todo, tras la desaparición de José Moreno Bergaretxe «Pertur». En 1985 regresó a España. La vuelta de «Yoyes» a San Sebastián —localidad en la que residía en el momento de su muerte— estuvo marcada por una fuerte polémica. Tanto el Ministerio del Interior como el diario *El País*, insistieron constantemente en que González de Catarain se acogía a la llamada «reinserción» (posibilidad de que los etarras arrepentidos recuperaran la libertad colaborando con la Justicia). Sin embargo, «Yoyes» no regresó a España gracias al proceso de reinserción sino porque se acogió a la Amnistía del año 1977 por la que se dejó libre de cargos a todos los presos políticos siempre que no estuvieran condenados o perseguidos por delitos de sangre.

«Yoyes», que retrasó su regreso unos años, sufrió una campaña de utilización política que sirvió para que el entorno de ETA la condenara como traidora.

Horas después de la muerte de «Yoyes», Ordicia celebró un pleno extraordinario al que no asistió el concejal de Herri Batasuna, José Luis González Catarain, hermano de «Yoyes» «para no herir la sensibilidad de su familia, votando en contra de la condena del asesinato de su hermana».

¡Qué sinrazón! Hasta los periódicos reconocían que testigos no habían faltado. ¡Qué desmesura!, el hermano de la muerta no condenaba el asesinato. ¿Eso era humano?, ¿con qué clase de descerebrados se las tenía que ver? Ramón puso en conocimiento de sus superiores que, por azares del destino, había presenciado el asesinato de la tal «Yoyes», y se le dijo que permaneciera a disposición. Todavía continuaba a disposición. Cuando comentó al sargento que qué había de lo suyo, se le confió que en ese asunto las competencias exclusivas pertenecían a la policía autonómica, y que si ellos no consideraban oportuno recabar su testimonio, nada más se podía hacer, pero que continuara a disposición. Después de veinticinco años continuaba a disposición.

CINCO

Álvaro, siguiendo los consejos de Castellanos, se había reincorporado al servicio tras una larga baja por depresión. En mala hora. Porque, tal como decía el veterano, el trabajo había cambiado mucho, aún siendo el mismo módulo. Y lo peor era la mutación que había experimentado Castellanos. No es que antes hubiera sido fácil de carácter, no obstante, ahora resultaba difícil el trato con él incluso para Álvaro, con quien siempre había sintonizado a las mil maravillas. Ahora costaba que mantuviera una conversación con entramado lógico. «No creas —decían algunos compañeros que habían coincidido en otras latitudes con Castellanos—, él no ha sido siempre así, antes era un fuera de serie, hasta hace muy poco, pero yo no sé qué títere se trae con el subdirector que le está cambiando el carácter a ojos vista».

Semanas tendrían que pasar para que conociera los pormenores del suceso al que se referían, semanas en las que fue evitando por todos los medios trabajar en el mismo destino que el gallego. Cuando no conseguía cambiar el turno a algún compañero inventaba cualquier excusa para desaparecer el mayor tiempo posible de su lado. Un ingrediente más que dificultaba intentar olvidar su depresión.

En una ocasión llamó a un preso de ETA por megafonía y al tenerlo frente a él en la ventanilla le escupió que esta vez la jugada les iba a salir mal: «Francamente mal, a ti y a los tuyos os voy a enseñar a elegir mejor los objetivos. Puede que os sintáis muy hombres masacrando jubilados y mujeres, pero estáis pisando terreno resbaladizo. Díselo a los tuyos».

El terrorista no mudó la expresión, solicitó una instancia y reapareció a los diez minutos para que se diese curso a su denuncia por amenazas y malos tratos. Castellanos cogió la instancia y la destrozó. El interno, impertérrito, pidió ver al jefe de servicios. «¿Quieres ver al jefe de servicios? Y yo a tu madre para darle el pésame por el monstruo que engendró. ¡Piérdete, basura!». Fue el último despropósito que le toleró un funcionario que no estaba dispuesto a que su actitud provocara un altercado en el patio. Esa misma mañana subió a oficinas para exigir que no le volviesen a colocar turno de guardia junto a Castellanos. El jefe de servicios le explicó que en la prisión de Daroca, durante el último motín, habían secuestrado al compañero en cuestión. «Lo ataron de pies y manos y lo colgaron de la barandilla boca abajo. Creo que estuvo así una o dos horas, hasta que entraron a saco las fuerzas especiales y pusieron algo de orden. Desde entonces anda algo desquiciado... Se separó de la mujer y todo, hazte una idea...».

Le pidió paciencia y comprensión, sin embargo, el funcionario se negó a admitir una situación que más temprano que tarde desembocaría en desastre: «Lo siento mucho, pero que no me vuelvan a poner con él; si está mal, que se pida una baja psicológica».

Se atendió la petición del compañero; no obstante, no pudo evitar un regusto amargo cuando fue abordado —de muy buenas maneras, eso sí— en los vestuarios:

—Ya me he enterado de las pocas simpatías que despierto en tu persona —le dijo (a veces la discreción brilla por su ausencia en ciertos despachos)—. Cuando lleves los años que yo trabajando en estas casas comprenderás el porqué de mi comportamiento.

No era intención del muchacho originar una discusión que a buen seguro a nada conduciría, pero tampoco quería quedar como un insolidario, así que intentó justificarse:

—Mira, Castellanos, por muchos años que llegue a trabajar en esto jamás entenderé la escena del otro día con el etarra. No pienses que eso acabó ahí, me apuesto lo que sea a que ya te ha puesto la denuncia…, y con motivo. Son ganas de buscarse problemas.

—Tú no lo entiendes. Esos cabrones llevan detrás de mí varios meses, ¿por qué te crees que tuve que pedir el traslado? Me vigilaban, me tenían controlado, incluso llegué a solicitar la matrícula reservada y el permiso de armas… Y ahora me han vuelto a localizar.

La paranoia de Castellanos era evidente, o así se lo pareció.

—Pues denúncialo, ¿qué ganas con provocar al etarra? Si eso es así lo único que consigues es dar más motivos para que te quiten de en medio.

—¡Claro, denúncialo!, ¡ya está!, ¡qué fácil!, ¡denúncialo! Cómo se nota que no has pasado nunca por algo parecido. Nosotros contamos una mierda; ahora interesa mucho más la negociación por la paz, la tregua, la reconciliación…, no es políticamente correcto investigar la veracidad o no de una nueva tropelía terrorista. Solo cuando te pegan un tiro pasas a ser importante. ¿Sabes qué me dijeron? Que extreme las medidas de autoprotección. Y eso es lo que estoy haciendo. Si me meto con el etarra es para demostrarle que no les tengo miedo.

Continuó hablando de que habían alquilado un piso frente al suyo, en el mismo rellano, que lo vigilaban a todas horas, que lo querían volver loco a base de tanto seguimiento…, hilvanó tantos disparates en tan poco tiempo que el muchacho se felicitó por no tener que volver a trabajar con él.

El único amigo que le quedaba en el centro, Álvaro, terminó volviendo a darse de baja, en peores condiciones que la primera vez, más que nada porque ver el estado en el que se encontraba el gallego, dado de lado, irascible, paranoico, lo deprimió en mayor medida. Nunca más volvió a trabajar con él. Y cuando iba a visitarlo para contarle que tenía agarrado por los huevos al etarra malnacido que le estaba haciendo el seguimiento, Álvaro no sabía cómo hacerle variar de conversación. No es que no lo hubiera creído la primera vez que se lo contó; era más que probable que una persona que se jugaba el tipo contando verdades como puños en artículos que exhibían las vergüenzas de los terroristas, bien podía estar en la mira inmediata de los asesinos. De hecho, según él, se había tenido que trasladar de su anterior destino, el penal del Dueso, porque lo habían localizado y la Policía le había aconsejado que pusiera tierra de por medio. Pero cuando respondía con evasivas acerca de si lo había puesto en conocimiento de las fuerzas de seguridad, se desacreditaba a sí mismo.

—Te vas a venir un día a mi casa y te voy a enseñar cómo se caza al cazador, porque es que debe de ser de los más tontos del comando —insistía Castellanos.

—¿Y por qué no va mejor un policía y así se resuelve el asunto de una vez por todas? Date cuenta que llevas más de dos meses dándole vueltas a lo mismo —poco a poco iba siendo menos diplomático en sus conversaciones.

La paciencia se agotaba.

—Mira, Álvaro. Lo he denunciado en la Policía, en la Guardia Civil, en la Ertzaintza; solo me falta denunciarlo en el Tribunal de las Aguas de Valencia, y ni caso. La Guardia Civil dice que estuvo haciendo averiguaciones sobre mi vecino y me quiso convencer de que me quedara tranquilo, que no tenía nada que temer de él y que no me podían dar más datos porque eso atentaba contra el derecho a la intimidad de las personas.

—Pues razón de más. Si ya lo han investigado, déjalo estar. Que ellos sabrán lo que se hacen.

Álvaro no aguantó tanta presión. Decidió no abrirle la puerta en su próxima visita, pero se le hacía excesivamente penoso tratar así a un compañero, de manera que habló con el casero, rellenó en la oficina de personal la documentación necesaria para acogerse a un permiso por asuntos propios una vez que se le acabara la baja, y se volvió a su ciudad, Mérida. Allí aguantaría hasta que saliese publicado el nuevo concurso de traslados. No quería volver a oír hablar del País Vasco; ¿en qué hora se le ocurrió pedir destino allí? Concursaría para obtener la plaza en las islas, en cualquier isla.

SEIS

Desde Sevilla le llegó el recorte de periódico. El brigada Segovia no lo olvidaba y le enviaba la última
creación de su amigo, el funcionario de prisiones
sin pelos en la lengua. Hizo bien su compañero porque, con los acontecimientos de los últimos días, se
había desorientado más de la cuenta y hasta había
perdido la costumbre de ojear la prensa. Segovia presumía de amigo valiente, en parte, pensó
Ramón, para compensar lo que a él le había faltado y, en parte, porque compartía hasta la última
tilde el pensamiento del escritor.

LOS MONONEURONALES
(también llamados etarras)

Quienes hemos tenido la obligación y el dudoso honor de alternar con etarras por cuestiones laborales sabemos cuál es una de las mayores diferencias entre estos y las farolas. Mientras las farolas alumbran, los etarras asesinan; por lo demás son entes casi idénticos: carecen del don del raciocinio, de la maravilla de los sentimientos, del milagro del asombro… Un vasco como ellos (rectifico, no como ellos, sino vasco y persona) lo dijo bien claro hace setenta años refiriéndose a otro asunto tan triste como el del terrorismo, el viejo Unamuno profetizó: «Vais a vencer, porque tenéis la razón de la fuerza, pero no vais a convencer, porque os falta la fuerza de la razón.» Los integrantes de la ETA (que por si alguien no lo sabe son siglas que significan: Estamos Todos Anormales) llevan años venciendo sin convencer, pero venciendo. Han conseguido amedrentar a la población, enredar a los políticos hasta el punto de que algunos de ellos no terminan ni empiezan a tener claro qué es asesinato y qué es gobierno de un pueblo (como si fuese tan fácil confundir una estufa de butano con un tricornio de guardia civil), y eso es grave. Tan grave como el que el invento se les fuera de las manos a sus propios fundadores lustros ha. Me entero con asombro de que casi todos los históricos fundadores de este grupúsculo de anormales han sido amenazados, cuando no muertos, por sus seguidores. Igual que los virus de laboratorios que acaban infectando a sus creadores, igual igual. ¿No bastaría este solo dato para dar cuenta de la sinrazón de la ETA? Y como muestra baste un reciente e igual de luctuoso botón: el asesinato de Yoyes.

Pero hay más. Quienes hemos tenido la desgracia de tratar con etarras, además del asco que se te asienta en el estómago, hemos sacado en claro que esa imagen de salvadores de la patria que pretenden difundir ciertos sectores nacionalistas acerca de ellos no llega siquiera al nivel de propaganda barata. Es demagogia, es romanticismo sangriento, es un cuento para incautos. De héroes abnegados nada de nada, de mártires idealistas menos. Son personas ¿personas? que se enfadan con sus correligionarios por un simple pastelito de economato, que pierden los estribos por algo tan simple como la rotura de la cisterna del retrete, que no saben manejar una escoba ni estirar unas sábanas aunque se conozcan a la perfección los intríngulis de la goma dos, que no saben ni escribir correctamente en el idioma que dicen defender… ¡vivir para ver! Si no fuera porque no son personas, serían personas de lo más normalito tirando para abajo…, vamos, de las que ves por la calle y piensas: ¡lástima no llevar nada suelto para pagarle a este hombre un curso de autoestima!

He conocido también a salvapatrias juveniles, a alguno de esos del terrorismo de baja intensidad, que habría vendido a su madre descuartizada y al dirigente sumo de la ETA a cambio de unos gramos de coca. Ya puede negarlo cualquier ser mononeuronal, pero lo que está a la vista no tiene engaño, y una gran mayoría de colaboradores juveniles de ETA lo son, no por ideales, sino por dinero, por inconsciencia o por respaldar sus pulsiones violentas con argumentos «razonables». Por eso, y con la prevención de las opiniones muy muy personales, aventuro que mientras los terroristas estos dispongan de dinero en grandes cantidades, seguirá existiendo el nacionalismo salvaje. Creo —insisto que es un parecer que no tiene por qué ser cierto— que el terrorismo de la ETA hace tiempo que se ha convertido en un medio de vida para muchos, en un negocio muy lucrativo sin más objetivo que su propia subsistencia. Porque ¿quedará alguien que aún piense que a la autodeterminación se va a llegar mediante la extorsión? De que los etarras no piensen no se desprende que crean en el ratoncito Pérez y en los Reyes Magos (la autodeterminación por esa vía es un cuento asimilable).

Así las cosas parece razonable pensar que el tratamiento que ha de darse a este problema puede que deba alejarse de circunloquios políticos. ¿Se dialoga con un psicópata?, ¿se dialoga con una farola? ¿Qué político será capaz de hallar, en el caso de que existiera, la única neurona que habita el cerebro de quien defiende contra viento y marea el derramamiento de sangre inocente?

Aquello era llamar a las cosas por su nombre. Debía contactar con Juan Manuel Puente Gracia a toda costa y explicarle lo que había sucedido con lo del asesinato de Yoyes. Alguien osado debía contar la verdad, y ese funcionario mostraba todas las trazas de ser la persona indicada.

Telefoneó al brigada para, con la excusa de saber cómo le iba la vida con el cambio de aires, pedirle el teléfono de su amigo Juanma o algún otro medio de contacto. Entendía que la dirección no se la iba a proporcionar tan alegremente, pero algún apartado de correos o un número telefónico sí estarían a su alcance. Y se equivocaba.

—Pues, ahora que lo dices, Ramayo, me parece que no tengo su número. Es verdad que hablamos mucho, pero siempre me llama él, y, creo que lo hace desde el trabajo.

—¿Y cómo quedabas con él? —se desencantó Ramón.

—Ya te digo, él me llamaba y me decía que iba a estar en tal o cual tasca. Como el que más problemas tenía para quedar era él, yo me desentendía y dejaba que fuera Juanma quien dispusiese. Pero, de todas formas, déjame buscar por ahí.

A la espera de sus noticias quedaba.

Pero pasaban los días y el brigada no llamaba. Y a él se le hacía cuesta arriba volver a llamar para insistir en lo mismo. Seguramente su compañero Segovia lo que más deseaba era pasar página y olvidarse cuanto antes de su capítulo en el norte, y el hecho de que le hubiera enviado el recorte del periódico ya decía mucho de cuánto lo apreciaba.

En el cuartel los compañeros continuaban el mismo ritmo de vida, evitando comentar el último atentado, o las alertas por amenazas, o la penúltima oleada de cartas de extorsión reclamando el llamado impuesto revolucionario para no hacer más penoso su trabajo. Si no se hablaba de algo se creaba la ilusión de que ese algo no iba a tener poder de influir en nadie. Pero no era así. Ramón no hablaba de la ejecución que había presenciado en Ordicia y, sin embargo, le estaba condicionando la vida.

En un arranque de impaciencia telefoneó a la centralita del centro penitenciario de Nanclares de Oca identificándose como guardia civil, quería que lo pusieran en contacto con el funcionario Juan Manuel Puente Gracia.

—Mire, en primer lugar no sé si usted es guardia civil o me está mintiendo, aunque me decanto por lo segundo, porque a un guardia no se le ocurriría llamar preguntando por teléfono por un funcionario —ahí tenía toda la razón la funcionaria que lo atendió, y había previsto que su interés levantara suspicacias, por lo que tenía una respuesta preparada.

—Comprendo, comprendo perfectamente, pero para que vea que no pretendo nada que lo pueda comprometer, ni a usted misma, le voy a dejar mi número telefónico para que, si es tan amable, se lo pase a su compañero Juan Manuel. Se trata de un tema personal, no es nada urgente, pero para mí sí tiene mucha importancia. Se lo agradecería infinito.

—No le puedo prometer nada, aquí no estamos para este tipo de encargos —y colgó.

El tono con el que había pronunciado la última frase desdecía la supuesta displicencia de la funcionaria. Confiaba Ramón en que le haría el favor.

Y, para ser fieles a la verdad, la mujer lo intentó hacer. Se acercó a la oficina de personal para saber quién era Juan Manuel Puente Gracia. Se retrajo de hacerlo en un primer momento para no tener que dar explicaciones acerca de qué la movía a realizar esa indagación. Si decía que cumplía un encargo de fuera podría sentar mal por considerarla poco profesional, y si alegaba motivos personales, lo mismo podían pensarse que perseguía motivos sentimentales. ¡Quién sabía! El tal Juan Manuel podía ser un carcamal o uno de los funcionarios en prácticas recién llegados que tan buena planta tenían. En cualquier caso, ya había comenzado la gestión y le picaba la curiosidad por saber quién era. En personal le aseguraron que allí no trabajaba ni había trabajado ningún Juan Manuel Puente Gracia. Se habría equivocado el comunicante o le habían tomado el pelo. Asunto concluido.

Ramón aguardaba como agua de mayo la llamada del brigada o, mejor aún, la del mismo Juanma, llamadas que no se producían. Y las noches continuaban siendo un martirio. Lograba conciliar apenas el sueño y el ruido seco, brutal, lo despertaba. Pasaba el camión de la basura por la calle y se tiraba al suelo desde la cama echando mano a la pistola, con la que dormía debajo de la almohada, hasta que se percataba de dónde estaba en realidad y de la clase de pesadilla en la que se había incrustado el traqueteo del motor del camión. Así no podía continuar. Imitar a Segovia diciendo la verdad, que estaba con los nervios a flor de piel, para que le concedieran un permiso especial, lo llamaran baja o como les viniera en gana, no entraba en sus planes. Él era hijo y nieto de guardia civil, hijo del cuerpo, y muy orgulloso de serlo. No tenía constancia de que ninguno de sus ascendientes hubiera dado la espantada por causas de trabajo. Sí, las circunstancias eran otras, por supuesto; su padre, salvo los primeros años que pasó en la Sierra de Alcaraz, siempre había servido en la capital, un destino relativamente cómodo, en modo alguno comparable a lo que él estaba viviendo ahora, pero su abuelo…, su abuelo había sido uno de los guardias que permaneció en el Santuario de Nuestra Señora de la Cabeza durante el asedio de la guerra civil que allí se vivió. Tuvo que comer algarrobos, hierbajos, beber agua agusanada, enterrar a cientos de compañeros, defender con un fusil medio roto una posición indefendible, y aguantó; y cuando cayó el santuario y lo hicieron prisionero, herido en un hombro como estaba, peregrinó por distintos campos de trabajo sin esconder su condición de benemérito, lo que conllevaba un peor trato por parte de sus guardianes, hasta que fue liberado por las tropas franquistas. Con antecedentes familiares así, ¿con qué cara iba Ramón a darse por vencido en los inicios de su carrera?

La última baza que le quedaba por jugar era la del periódico. Allí sí tendrían una forma de contactar con el buscado Juanma, toda vez que de un modo u otro intercambiarían los artículos y sus correcciones, si las había. Como ya había aprendido de su última experiencia, en lugar de telefonear a la delegación del periódico en la provincia, se personó en ella para que no hubiera lugar a recelos más que comprensibles; y si tenía que mostrar su placa de guardia civil para acreditar lo que decía, lo haría encantado.

Lo recibió el jefe de redacción, que hacía las veces de subdirector, encargado de la publicidad y otros cuantos menesteres. Le expuso su deseo de entrevistarse con el colaborador de su diario por motivos estrictamente personales y aguardó contestación. El hombre se puso a la defensiva; había sido oír la referencia a la Guardia Civil y saltar todas las alarmas:

—Tenemos un documento firmado por el colaborador en el que se nos exonera de toda responsabilidad. No es la práctica habitual, ya sé que el periódico es responsable subsidiario de los escritos que se contienen en sus ediciones, pero el caso que nos ocupa nos pareció tan excepcional que el director decidió cubrirse las espaldas.

Pero, ¿qué historia le estaba contando?, ¿a qué había entendido ese hombre que venía?, ¿estaba insinuando que si sus escritos provocaban algún contratiempo ellos se lavaban las manos? Parecía ser que sí. Una nueva vergüenza. Cuando consiguiera hablar con Juanma, si alguna vez lo hacía, que ya comenzaba a dudarlo, le expondría claramente sus reservas sobre la no idoneidad de ese diario para publicar sus artículos. Un valiente como él se merecía un equipo de profesionales que lo respaldara y que se sintiera orgulloso de contar con una pluma invitada como la suya, y no ese págalo acobardado y bochornoso.

Se guardaría sus reflexiones para después de que le dijera cómo encontrar a Juanma. Sin embargo, no estaba autorizado a proporcionarle esa información, por motivos de seguridad. Él era guardia civil, él era de los buenos. Por facilitarle un número de teléfono no pondría, de ninguna de las maneras, en peligro al escritor, ¿cómo podía hacérselo entender? Se cerró en banda, tanto que Ramayo comenzó a pensar que tal vez Juanma no existiera. Se trataba de una idea descabellada, producto de su desequilibrio emocional, pero a considerar. El único con el que había tratado en persona era el brigada Segovia, al menos eso decía él, y no podía dejar pasar por alto el detalle de que el brigada, a fantasioso, pocos le ganaban. Segovia habría leído los artículos, se habría quedado maravillado, como él, y se había apuntado al carro de las amistades del autor para tener motivo de presunción, que era lo que había hecho en el cuartel, no solo con él, sino con cuanto compañero se pusiera a tiro. Juan Manuel Puente Gracia era un invento del diario, ahora iba tomando cuerpo la sospecha, de ahí que el redactor jefe se hubiera puesto tan nervioso y tan a la defensiva. Urgía comprobar algunos extremos:

—Está bien, lo entiendo. Pero, dígame solo una cosa, ¿sabe si sigue destinado en Nanclares?

—¿Quién? —se hizo el ignorante el redactor.

—Juan Manuel Puente.

—¿En Nanclares? No sé…, es la primera noticia que tengo —tartamudeó en la respuesta.

Un punto para él.

—¿Y no podría ver ese documento que dice que firmó arrogándose toda responsabilidad?

—No, categóricamente no. A menos que traiga una orden judicial. Tenga en cuenta que en ese contrato está su verdadero nombre.

—¿Cómo su verdadero nombre? —ahora el sorprendido era Ramayo.

—¡Pues claro!, ¿o acaso piensa que no iba a utilizar un seudónimo para publicar esos artículos? Una cosa es la valentía y otra muy distinta la tendencia suicida. ¿No me diga que estaba creído de que…? ¡Por Dios!

Otro punto para él. Si aquello era un seudónimo, ¿por qué el brigada hablaba de Juanma? No iba a ser tan tonto de utilizar un seudónimo igual al nombre. Confirmado que lo de su compañero Segovia había sido una fantasmada, fantasmada disculpable dado el carácter que se gastaba y la situación que le tocaba vivir en un medio tan hostil para él. Quedaba por verificar que lo que le estaba diciendo aquel hombre fuera cierto. Se inclinaba, en cualquier caso, por pensar que el tal Juanma era un conjunto de redactores que se parapetaban tras ese invento. Aunque, pensándolo bien… ¿qué más daba que ese escritor fuera real o una invención? Lo importante era lo que escribía y cómo lo escribía. Él buscaba a quien fuera capaz de denunciar en un estilo semejante al de los artículos de Juan Manuel Puente lo que había sucedido en el asesinato de Yoyes, remarcando la incomprensible actitud de desidia de la policía autonómica. Si no era uno quien lo hiciera, podría ser otro.

—Mire, le voy a ser franco. Yo estuve presente durante lo de Ordicia, cuando se cargaron a Yoyes… —se arrancó Ramayo.

—¡Chisst! —interrumpió el redactor, mirándolo con sorpresa y miedo—. ¡Venga, acompáñeme! —y tiró de su brazo hasta casi arrastrarlo a un despacho privado.

Ya en él, le regruñó:

—¿Cómo se le ocurre decir eso así, en público?

—No sé qué tiene de especial. Y en público, lo que se dice en público no ha sido —en la sala no había más de tres personas, afanadas en sus papeles.

—Las paredes oyen, si me permite el tópico. Vamos a ver, ¿qué tiene que ver Juan Manuel Puente con que usted estuviera en Ordicia?

—Nada. O todo. Le explico. Yo estuve allí, y lo presencié todo; yo cogí al hijo de Yoyes cuando el asesino todavía no había doblado la esquina. Y se lo dije a la Ertzaintza, y me presté a colaborar con ellos, y ¿sabe qué me dijeron? Que ya me llamarían. Y no pasa nada. Mejor dicho, parece que no pasa nada. Pero yo estoy que me subo por las paredes porque no sé a quién recurrir, y me pareció que alguien que es capaz de escribir lo que se atreve a escribir Juan Manuel o como quiera que se llame, podría sacarle mucho partido a esta información y hacer que las cosas cambien. Ahora bien, si no es ese colaborador y usted cree que otra persona de su periódico podría hacerlo, yo estoy dispuesto a contar todo lo que vi.

El periodista se quedó pensativo. Demasiada información en muy poco tiempo. Ese guardia debía de llevar muy poco tiempo en la zona para ofrecerse a informar de algo tan gordo como lo de Ordicia. Su dilatada carrera le dictaba que lo mejor era declinar la oferta del guardia civil. Información sabrosa desperdiciada, como tantas otras, y para cuya decisión solo le quedaría el consuelo de que ningún otro medio le haría la competencia apropiándosela, pues ninguna empresa con sede en cualquiera de las tres provincias se arriesgaría a que le reventasen la sede a cambio de cuadriplicar la tirada un día concreto. La información no merecía tantos riesgos.

—No estoy capacitado para tomar una decisión así; ni siquiera el delegado lo está. Habrá que hablarlo con Madrid, y eso lleva un tiempo. Me quedo con su teléfono y ya le decimos algo.

SIETE

—¿Juan Manuel?, ¿eres Juan Manuel Puente? —se asombró Ramón, no teniéndolas todas consigo de que aquello no fuera un montaje.

—Bueno, soy Juan Manuel, pero no Puente. Digamos que ése es mi nombre de guerra —reprimió una sonrisa sardónica.

—Pero eres el que escribes en los periódicos, ¿verdad?

—El mismo. Llevaba tiempo sin hablar con Segovia. Ni siquiera sabía que había pedido el traslado. Últimamente un montón de amigos y compañeros están yéndose o están haciendo que se vayan. El caso es que me dijo que hiciera por llamarte, que eras de los que merecía la pena.

Tras varios minutos de charla quedaron en verse en un par de días en Legazpi, a mitad de camino. Allí conocía Juan Manuel una tasca de confianza donde podrían hablar con tranquilidad. Cuando colgó el teléfono apenas podía creerlo. Ya había dado por sentado que el tal Juanma no existía, que el brigada Segovia era un fantasioso y que los del periódico habían inventado un personaje. Y cuando le estrechó la mano en aquella taberna decorada como si se acabara de rodar allí una película sobre vikingos, le costó identificar a aquel hombretón cachazudo con el autor de los artículos que tanto admiraba. En el trabajo lo conocían por Castellanos, nadie lo llamaba Juanma, y como los apellidos eran inventados, no le extrañaba que no le hubieran pasado recado alguno. Y fuera de la vida laboral, salvo Segovia, el amigo de los tiempos de la mili, no recordaba que nadie conociese su nombre de pila.

Cuando se hartó de hablar sobre lo humano y lo divino, se interesó por el motivo de aquel encuentro. En pocas palabras le expuso que quería que alguien se hiciera eco de la desidia de la Ertzaintza en el lamentable caso del asesinato de Yoyes. Él podía haber escrito una carta al director, pero aquello no tendría suficiente repercusión, contando con que se la hubiesen publicado, que ya lo dudaba y mucho. Además, él era de ciencias, no de letras, e hilvanar una palabra con otra le costaba horrores. Castellanos sí se interesó. Hizo que le repitiera todos los detalles y parecía ir anotándolos mentalmente. «Cuéntamelo otra vez», «Y ¿cuánto dices que tardó en llegar la ambulancia?», «¿No se quedó nadie de los que había en la plaza?, ¿sabes si a ellos los han llamado a declarar?», «¿Coincide, por lo menos, la hora que salió en los medios de comunicación con la real?», «¿Qué aspecto tenía el asesino?», «¿Te pusieron protección?»… Ramayo se sentía, por fin, escuchado. Que alguien se apasionara con el asunto le estaba devolviendo la vida. Tal vez, al final, no se escribiera artículo alguno, o se escribiera y no se pudiera publicar, pero el solo hecho de estar reviviendo aquel fatídico momento le servía de terapia salvadora. La sobremesa se alargó casi hasta la merienda, y Castellanos tenía turno de noche. O eso dijo. La realidad era otra, y lo que acortó aquel encuentro significaría la ruina del funcionario de prisiones.

—Mira, calcula que para finales de mes aparecerá algo relacionado con lo tuyo, te lo prometo. Y gracias por la confianza. Tenía razón Segovia, eres de los que merecen la pena, de los nuestros.

Si encaraba lo de Yoyes con la escritura que lo caracterizaba, apostaba a que lo llamarían a prestar declaración y algo se luz se arrojaría sobre el asesinato.

Mas todo iba a tomar un sesgo inesperado. Se hablaría, y mucho, de Juanma Castellanos y de una muerte, pero no precisamente de la de la etarra arrepentida.

OCHO

Al regresar a su domicilio no cogió las llaves de su taquilla ni se preparó un bocadillo ni el termo de café para sobrellevar el turno de noche. No trabajaba. Había engañado a Ramayo porque tenía que estar en casa y no podía explicar por qué, todavía no.

Estaba a punto de dar el paso que tanto temía y deseaba. Acaso no hubiese recabado toda la información precisa, pero en circunstancias así un día de retraso podía significar la muerte, la suya. Sabía lo principal, que el nuevo inquilino era un ser extraño y se comportaba según los manuales al uso de los terroristas. Nadie lo había visto todavía; madrugaba mucho y regresaba tarde, siempre sin encender la luz de la escalera, silencioso, cauteloso, como un cazador. La Guardia Civil le había asegurado que podía estar tranquilo por lo que a él respectaba, que habían hecho las indagaciones pertinentes y no había peligro alguno. ¡A ellos iba a creer! Si tan inofensivo era, ¿por qué las ventanas que vigilaban las de Castellanos se cubrían de unos casi transparentes visillos a través de los que se veía la silueta de alguien acechando, siempre acechando? Si tan inocuo resultaba aquel hombre, ¿por qué nunca encendía las luces? Podía detectar su silueta tras los visillos, en una habitación, en otra, pero jamás encendía las luces, jamás. A todas horas las persianas subidas, las cortinas corridas y las luces apagadas. ¿Era eso normal?

El presunto etarra estaba bien entrenado, sí; sabía presionar, asustar, dejarse sentir sin ser visto…, pero había cometido un pequeño error; aunque no había colocado su nombre en el buzón del portal no había considerado la posibilidad de que el cartero, con sus prisas, dejase alguna carta al alcance de vecinos curiosos. Castellanos, arañándose los dedos, la había rescatado del buzón; se trataba de publicidad, simple publicidad que revelaba el nombre del nuevo vecino: «Asier Ibarretxe

Gago». No había duda. El tal Asier estaba tentando a la suerte, esa tarde se había colocado, con las luces apagadas (siempre con las luces apagadas) en la ventana que, mediando el patio de luces, lo conectaba con el dormitorio de Castellanos. Creía espiar sin ser visto, pero el gallego lo quería convertir en el cazador cazado, esa era su expresión favorita de las últimas semanas.

Con diligencia, con delectación suma, con un odio infinito cargó su arma, se deslizó hacia el lateral de la ventana y, apenas asomado, descerrajó un tiro. Era su vida o la de él. Defensa propia, no había nada que temer.

¿Qué iban a decir ahora los que lo tomaban por paranoico?

NUEVE

La noticia fue muy comentada por todo el país. En un primer momento se pensó en un atentado que rompía la tregua de ETA, pero pronto se reveló como un suceso que nada tenía que ver con el terrorismo. O sí; no obstante, no en el modo en el que la opinión pública estaba acostumbrada a entenderlo. En el cuartel de Ramayo se alegraron de no haber tenido que cubrir el incidente. Ramón lo oyó sin concederle demasiada importancia: un ajuste entre vecinos por cualquier nimiedad, seguro. Quien sí prestó toda la atención del mundo al incidente fue Álvaro, recuperándose a marchas forzadas en Mérida. Cuando oyó por la radio que el nuevo presidente del Consejo Territorial de la ONCE en la ciudad donde vivía su compañero Castellanos había sido tiroteado por un vecino sin motivos aparentes, no tuvo que hacer demasiadas cábalas para sospechar con pesadumbre infinita que el pistolero respondía al nombre de Juan Manuel. Compró el diario para cerciorarse y las iniciales que allí se daban del aprendiz de homicida correspondían hasta en los puntos: J. M. C. B.

Afortunadamente el estado de excitación de Castellanos, el cansancio acumulado de tantos días en una duermevela vigilante, el doble acristalamiento de ambas ventanas, ayudaron a que la bala solo rozara la oreja del alarmado ciego. ¡Menudo recibimiento en la ciudad! Lo curioso del caso fue que en el juicio que se celebró contra el funcionario de prisiones no se consideró atenuante el trastorno psicológico producido por la tensión de su trabajo en una zona tan complicada —por llamarla de un modo suave— como era el País Vasco. Cinco años y seis meses de condena por intento de homicidio con el agravante de nocturnidad. Más una indemnización al afectado que acabó con sus ahorros y le obligó a hipotecar nuevamente el pazo familiar donde pensaba pasar su jubilación. La pagó sin rechistar y pidió durante las sesiones judiciales varias veces perdón al ciego, y no contento con ello, le escribió una carta explicándole todo. Cinco años y medio a la sombra. Y podía darse con un canto en los dientes. Que no todo invitaba al desánimo lo probó el hecho de que Miguel Blázquez, el presidente de las organización de los ciegos, ya repuesto del susto, aceptó las disculpas de su agresor e incluso intercedió para que le fuera rebajada la pena, algo que no se contemplaba en la jurisprudencia española. Castellanos pasó a ocupar el otro lado de las rejas. Cumplió condena en el módulo para miembros de los cuerpos y fuerzas de seguridad del Estado habilitado al efecto en la cárcel de Castellón, donde los ratos de soledad le fueron ayudando a tomar distancia de todo lo sucedido. La única incomodidad que se le hizo insufrible de los cuatro años que pasó en régimen de privación total de libertad, fue compartir espacio vital con personas que, como él, tenían por misión hacer de la sociedad un lugar más habitable y que, a diferencia de él, se habían empeñado en lo contrario. Por otro lado, el trato que le dispensaban sus antiguos compañeros no podía ser mejor: correcto, algo distante, pero atentos a cualquiera de las necesidades que nunca tuvo. Jamás hubo hacia él trato de favor, porque no lo pidió y porque aquel módulo era de régimen muy tranquilo. A lo largo de su encierro solo recibió la visita de Álvaro, quien era ya jefe de servicios en la prisión de Ibiza, y una vez al mes tomaba el *ferry* que atracaba en Denia y pasaba una hora con Castellanos. Así fue durante el primer año. Álvaro se disculpaba siempre por no haber estado atento a su situación, se lamentaba de no haberle prestado todo el apoyo que reclamaba, de haberse tapado los ojos, al igual que el resto de los compañeros, provocando que sucediera lo que ocurrió. Juanma le quitaba importancia; sabía que estaba tan obcecado con aquel asunto que ni aunque el mismo ciego hubiese llamado a su puerta presentándose como un nuevo vecino, lo habría convencido de que en realidad era un etarra al acecho. Pero eso era ya agua pasada. Quería pasar página, de verdad. Había luchado contra molinos de viento cuando, en verdad, existían los gigantes. A nadie parecía interesar combatir a aquellos, y él no solo había fracasado, sino que le había costado el puesto de trabajo y la ruina. Un primo le había ofrecido, para cuando saliera, un puesto de trabajo en su empresa de instalaciones eléctricas, como administrativo, como transportista, como lo que él quisiera; su primo era de los que pensaban que la sangre tiraba mucho y no podía dejar en la estacada a un familiar. Gracias a él se le concedió el tercer grado, pues contaba con un contrato de trabajo, y se le trasladó a la prisión de Teixeiro. Así acabaron las visitas de Álvaro, que agradecía, por una parte, y, por otra, le incomodaban, pues lo mantenían atado a un mundo y a un pasado donde tan mal había sido tratado. El contacto se fue perdiendo paulatinamente, alguna llamada telefónica, alguna felicitación de Navidad, y, luego, nada.

DIEZ

Ramayo esperó con ansia el artículo que hablara del asesinato de Yoyes, pero no lo hubo.

Ahora, muchísimos años después, casi una eternidad, continuaba esperando ese artículo, y continuaba a disposición de la policía autonómica, y continuaba martirizado por el tictac y preso del disparo atroz, hiriente, seco y en estéreo que acabó con la vida de la terrorista arrepentida.

Ramón era el más alto de los tres hermanos, un metro noventa y dos. Tan atlético como el mediano, pero mucho más hecho. El segundo se había trabajado el cuerpo en el gimnasio, amén de contar con la ayuda de los genes; Ramón nació como proyecto de figura dionisiaca a la que con muy pocos golpes de cincel se la podría mejorar, había tomado prestado de sus dos hermanos los aspectos más positivos: la contundencia física de Pedrito amalgamada con la fibrosidad musculada de Marcos. Su rostro, al decir de las mujeres, era muy agraciado, sus movimientos muy seguros, su saber estar envidiable, y su inteligencia prodigiosa, por no hablar de la memoria que se gastaba. Curiosamente estas dos últimas virtudes las había potenciado gracias a la necesidad. En la escuela y el instituto no había destacado sobremanera, en el colegio de huérfanos sí, pero sus instructores asociaban sus éxitos académicos al esfuerzo, no le reconocían una capacidad especial innata. Tuvo que aparecer en escena el nepotismo interesado en su persona para que la latencia de sus cualidades se despertara.

Tenía preparado el macuto para abandonar Intxaurrondo tan pronto como saliera publicado su cese en el cuartel y los días de gracia concedidos para su incorporación a la UCO, la Unidad Central Operativa, única plaza que había pedido en el concurso de traslados y a la que no aspiraba nadie con mejor puntuación que él, o eso pensaba. Ya se había despedido de los compañeros porque solo un imposible lo retendría en el infierno. Y lo imposible sucedió. Continuaba un año más en el País Vasco porque esa plaza se le había asignado, en comisión de servicios, a otro compañero con mayores merecimientos.

No podía permanecer ni un día más en Intxaurrondo, de ninguna manera. El sargento, que lo apreciaba y había asistido a su deterioro progresivo en el corto lapso de un año, le sugirió que pidiese una excedencia o que solicitara una baja por depresión. Tampoco a él le convenía tener a su cargo a un guardia desquiciado que pronto lo estaría aún más. El interés general pasaba por que Ramón desapareciera durante una temporada del cuartel.

Habló con Pedrito, el hermano que siempre rociaba de mesura todas las decisiones, especialmente las que atañían a otros, y este le abrió los ojos. Así que siguió los dictados del pequeño. Pidió la excedencia voluntaria con ánimo de no volver a calarse el tricornio y se fue a vivir con Pedro. Con los ahorros que tenía y el asilo del hermano pudo sobrevivir preparándose unas oposiciones. En plural.

Había tenido suerte y la vida le había sonreído, al menos desde el punto de vista laboral y económico. Obtuvo una plaza como agente judicial en Oviedo; terminó la carrera de Derecho y fue ascendiendo a base de concursos oposiciones hasta llegar al puesto de secretario judicial. Todas sus relaciones sentimentales acabaron mal, ninguna mujer se enamoró de él lo suficiente, más allá de lo físico, como para decidirse a compartir noches de pesadillas y días de sobresaltos. Habían pasado muchísimo años, una eternidad, sí, sin embargo, todavía seguía despertándose en pleno conticinio con la respiración entrecortada y bañado el rostro en sudor. A veces se sorprendía espiando por la ventana antes de salir a la calle, o abriendo con sumo cuidado el buzón por si en su interior algún sobre con abultamientos sospechosos le guardara una desagradable sorpresa. Y ese tictac y esos disparos atroces que ningún psicólogo había conseguido disipar.

Así sucedió hasta que conoció a Gema, una auxiliar administrativa tan pelirroja como simpática, cuya soltería se revelaba incomprensible. Al igual que el misterio que rodeaba a Ramón acerca de su libre disposición en el proceloso mercado del amor a una edad madura, frisando en los cuarenta (ni divorciado, ni separado, ni padre soltero, ni homosexual…) se resolvía en los primeros días de convivencia, cuando ya resultaba imposible disimular que no se había caído de la cama, sino que se había tirado huyendo de una bomba, o que sus gritos en la siesta no eran por la última película de terror vista, sino por su pasado lejano, con Gema el misterio tardaba mucho más en desvelarse. Una treintañal adelantada, atractiva, sin relaciones fallidas conocidas, guapa, y sin pretendientes, por fuerza tenía que ocultar algo.

Ramón se aventuró, una vez más. Y la invitó a comer, y luego a cenar. Y como se encontraba tan a gusto con ella no quiso que la relación agonizara mucho después de morir, por lo que retrasó el momento de compartir mayores intimidades para no espantar a la muchacha. Eso sí, no se privó de preguntarle por el motivo de que una mujer tan maravillosa como ella no hubiera encontrado todavía su media naranja.

—Te podría mentir diciendo que es porque estaba esperando que aparecieras tú, el hombre de mi vida, pero voy a ser sincera confesándote que, como dice Sabina, yo estoy destinada a morir sin descendencia, como murió mi padre —se burló la chica.

Ramón no estaba acostumbrado al humor inteligente, y menos tratando temas tan personales, pero consideró aquella salida como un intento afortunado de desviar el tema de la conversación.

Ambos estaban muy a gusto en situación tan atípica, y aunque desearan algo más, aspirar a ello sabían que supondría quedarse sin nada. Pero no se podían dar largas de manera indefinida, de modo que cuando Ramón la invitó a compartir un día en la playa, ella decidió no escabullirse más y afrontar que el fin de su romance, el más bonito del que había disfrutado, tocaba a su fin.

Su edad y su conversación desdecían su pudor. En la playa aguantó con los pantalones largos puestos hasta que su estampa resultó ridícula.

—Es que es mejor que no me los quite, me voy a sentir incómoda —protestó ella.

Pero Ramayo insistió:

—¿Incómoda? Con ese cuerpo espectacular que tienes no puedes sentirte sino orgullosa.

Gema se quedó en bikini y Ramón comprendió lo imbéciles que podían llegar a ser los hombres: la pierna derecha de la muchacha, hasta medio muslo, era ortopédica.

ONCE

Gema ni siquiera era vasca. Estaba de visita en Bilbao, siendo una niña, cuando tuvo la mala fortuna de pasar cerca del coche particular de un comisario de policía en cuyos bajos habían instalado una bomba lapa con el temporizador averiado. Eso libró al destinatario del artefacto de una muerte segura, pero segó la pierna derecha de la chiquilla, y cambió para siempre la vida de sus padres, quienes nunca se perdonaron haber elegido como destino turístico el norte.

A Gema no le gustaba recordar aquel episodio, ni hablar sobre el tema, aunque entendía que alguna explicación había que dar a aquella prótesis que tanto desentonaba con su cuerpo escultural. Su fuerte carácter y su alegre vitalidad la habían ayudado a soportar con entereza las muchas operaciones a las que se vio sometida y a normalizar su vida. No a intentar normalizarla, sino a conseguirlo. Precisamente porque era muy guapa, los hombres que se podían haber acercado a ella con pretensiones serias no lo habían hecho por no creerse merecedores de un premio tan fuera de su alcance, y los que sí se habían atrevido, iban buscando algo más superficial, la pura apariencia, lo que no encajaba con lo que descubrían cuando desaparecía la ropa. Ramón, sin embargo, más que pena por la muchacha, sintió rabia, una inmensa impotencia. Su sino era no poder huir de aquellos desgraciados que parecía que se complaciesen en ir dejando muestras de su existencia a lo largo de su vida, en los momentos y de los modos más insospechados. Gema enseguida percibió que él no era como los demás. No se trataba de una frase hecha, así lo percibía. En sus ojos no encontró la decepción o la conmiseración que tan bien conocía de experiencias anteriores; lo que vislumbró al fondo de las pupilas de aquel gigantón fue algo muy distinto. No había desaparecido el interés, ni el encandilamiento que hablaban de principio de amor o algo parecido, sino que a ellos se le había sumado un amago de ¿cómo llamarlo?, ¿rebeldía? Gema no lo entendería hasta meses después, cuando la relación se había consolidado y supo de golpe todo el pasado de Ramón. Fue como si se le deshelara la mirada, como si se le derritiese el deje de reserva que todavía conservaba, como si se derrumbasen los últimos muros, ya vencidos, del castillo tras el que se escondía Ramayo.

La primera vez que hicieron el amor él se detuvo en el muñón de la pierna, besándolo con infinita ternura, y de su mente no podía alejar la idea de que ese momento glorioso que estaba experimentando y los muchos que se prometía posteriores, tenía que agradecérselos a sus enemigos. De no haber sido por el concurso de los etarras él no estaría en Oviedo, ella quizás tampoco, y habrían perdido la oportunidad de conocerse.

Gema sufrió las pesadillas y los brotes de manía persecutoria de su marido, pues acabaron contrayendo matrimonio. Las encauzó. No se asustaba ni pretendía que no existieran, sino que las aceptaba como parte de Ramón, al igual que sus padres habían aceptado las suyas hasta que dejó la adolescencia. Si los gritos del esposo la despertaban, ella le agarraba con fuerza la mano y le susurraba palabras tranquilizadoras. Si Ramón se obsesionaba con algún coche que llevaba tiempo siguiéndolos, era ella la que se interesaba por anotar la matrícula, por colaborar con él, hasta que poco a poco el hombre caía en la cuenta de que la estaba arrastrando en sus preocupaciones y aquello no era lo mejor para Gema, y mucho menos cuando se quedó embarazada.

El matrimonio jamás olvidaría el día veintidós de octubre, por dos motivos, el primero, porque fueron padres de mellizos; el segundo, porque los telediarios de todas las cadenas dieron en portada el atentado con el que ETA daba por rota la tregua, la enésima y falsa tregua. El hecho luctuoso, de por sí desesperanzador, mostró su verdadera cara cuando la presentadora pronunció un nombre y en la pantalla apareció un rostro, el de un Roberto Segovia envejecido, su compañero de Intxaurrondo, el brigada Segovia, ascendido a capitán y destinado en Vitoria, el que jugó a ser búfalo y terminó siendo abatido por los leones.

No había vuelto a tener noticias suyas. Estuvo a punto de llamarlo en varias ocasiones cuando se desesperó por la falta de señales de vida de Castellanos, mas una vez que decidió poner tierra de por medio y pasar página, siguiendo el consejo de su hermano Pedrito y de la propia psicóloga, entendió que lo mejor era desconectar de todo cuanto dijera relación con los fantasmas de su pasado reciente. Y ahora reaparecía en el telediario. Como no podía ser de otra manera, la glosa que hicieron de su carrera, y de su entrega y dedicación al cuerpo de la Guardia Civil rozaba lo épico. El ascenso le supuso una vuelta al País Vasco, regreso que aceptó gozoso porque ya no tenía que desplazarse con su familia, acomodada en Sevilla, las hijas en la universidad, y la madre a su cuidado. Conociéndolo, Ramón supuso que aquella segunda oportunidad que se le concedía a Segovia fue aceptada como un premio, y que haría todo cuanto estuviese en sus manos para mostrar bien a las claras que, no teniendo nada que temer por los suyos, a él no lo doblegaba nadie.

Acababan de nacer sus hijos, pero él no podía por menos que viajar hasta Sevilla, donde recibiría sepultura su compañero, aunque solo fuera para abrazar a su viuda y decirle que podía estar más que orgullosa por haber compartido su vida con aquel ser extraordinariamente valeroso.

Gema lo entendió.

Nunca se arrepintió de haber hecho el trayecto Oviedo-Sevilla. Nunca dejó de arrepentirse de haberlo hecho. Según se terciara.

En el funeral, como si estuviera escrito desde antiguo, pese al gentío, pudo reencontrarse con Castellanos. Casualidades asombrosas. El antiguo funcionario de prisiones lloraba sin lágrimas mientras agradecía las palabras de consuelo de alguien a quien también se le veía afectado. Él parecía el deudo del fallecido. Castellanos había seguido una trayectoria paralela a la de Ramón en su relación con Segovia. Durante sus años en prisión no tuvo arrestos para telefonearlo, se le haría muy cuesta arriba explicarle todo lo que había sucedido, si es que no lo hubiese sabido por la prensa o por terceros. Y luego, cuando salió en libertad, consideró que mejor no remover lo que pudiera hacerle daño, y su amigo Segovia, muy a su pesar, podría ser un motivo de dolor. Ya no había marcha atrás. El sentimiento que lo había llevado desde Moaña hasta Sevilla era idéntico al de Ramón, rendir un último y merecido homenaje a quien tanto gustaba de decir: ¡Para cojones, los míos!, y que sobradamente lo había demostrado, y ponerse a disposición de la familia para lo que pudieran necesitar. Lo diría de corazón. A diferencia de Ramón, no había viajado solo, había sido Álvaro quien condujo la mayor parte del tiempo. Álvaro, el funcionario de prisiones que cambió las llaves y la placa de los módulos por un puesto de educador y que había retomado su amistad con Castellanos, sintiéndose muy en deuda con él por haber sido el único compañero que de verdad se había interesado por su estado cuando el pozo sin fondo de la depresión lo quiso engullir. Bien es verdad que, más tarde, le tocó a él ser el paño de lágrimas del veterano, pero sería injusto no reseñar que cuando decidió airearse, descansar de una amistad que podría parecer tóxica, Castellanos no se lo recriminó. Álvaro entendió eso en su trato de despacho con los internos, cuando quienes se acercaban a él lo hacían buscando ser escuchados, más que creyendo que se les iba a solucionar tal o cual problema con su familia, con su prestación por desempleo o por su cita médica pendiente. En su labor como educador en la cárcel de Herrera de la Mancha conoció, desde otro punto de vista, la poderosa ascendencia que los etarras tenían sobre el resto de presos. Bien por miedo, bien por lo que Álvaro había bautizado irónicamente como la *captatio benevolentiae* (comprar a los compañeros de cárcel con tabaco, cafés y favores judiciales de los que se encargaban los abogados afines a la banda terrorista), todo giraba en función de las apetencias de los asesinos vascos. Los tiempos legendarios en los que un solo valiente podía hacerles frente habían pasado a la historia. Gracias a tal circunstancia —o por culpa de la misma— se fueron despertando en Álvaro los ecos dormidos de las antiguas lamentaciones de Castellanos respecto a todo cuanto concerniese a ETA, el modo en el que su imperio del mal se extendía aprovechando treguas ficticias, negociaciones envenenadas, mentiras tras mentiras. A tal interno que salía de permiso se le obligaba a servir de correo de la banda, so pena de que su familia sufriese algún accidente; a otro se le compraba con unas dosis de metadona, al tercero se le chantajeaba con no seguir llevándole los papeles para que alcanzase el tercer grado. El imperio del mal acoquinando al propio mal. Con retraso resucitó en el educador penitenciario la inquina contra ETA, corregida y aumentada, solidarizándose con todo el daño que le habían causado a su excompañero. Pudo comprobar que en aquella prisión, donde se concentraba el mayor número de etarras encarcelados de toda España, eran ellos quienes dictaban sus normas, a las que, a veces, se plegaba la dirección tras un tratado de comensalismo. Pudo ser testigo de cómo las huelgas de hambre del colectivo etarra iban precedidas de varios días de acumulación de víveres en sus celdas, de lo que no se dejaba filtrar nada a la prensa, para que la opinión pública estuviera informada de lo que realmente sucedía allí. Con retraso comprendió el malestar que le causaba a Castellanos el problema del desgobierno penitenciario de los terroristas vascos.

Ramón Ramayo, Juan Manuel Castellanos y Álvaro reunidos en el último adiós al capitán Segovia, escuchando de fondo el telediario que hablaba acerca de los detalles del atentado: «...colocación de un artefacto explosivo del tipo lapa, muy bien disimulado, a la altura del asiento del conductor...».

Cuando, meses después conocieran que el asesino había sido el hijo de unos vecinos del capitán, por lo que tuvo toda la facilidad del mundo para acceder al garaje comunitario sin levantar sospechas, la indignación de los tres se desbordó. Ramayo, Castellanos y Álvaro reunidos en el último adiós al bizarro Segovia.

El primero, sintiendo que se recrudecía el tono del tictac y se agudizaba el sonido de los disparos de Ordicia, al tiempo que se preguntaba si era ese el mundo que quería legarle en herencia a sus hijos. El segundo, mordiéndose la lengua para no gritarle una barbaridad al político de turno que no sabía ni colocar sin ayuda la bandera española sobre el féretro del asesinado. El tercero, dándole vueltas a lo que le había contado Castellanos durante el viaje acerca de la comparación de búfalos y leones que tanto le gustaba exponer a Segovia.

Del funeral se fueron a tomar algo a una cafetería céntrica. Y allí se comenzó a fraguar lo que podría haber sido la perdición de sus vidas.

DOCE

Había llegado el momento. Tras años y años de ir construyendo castillos en el aire, de ir maquinando una imposible venganza, ahora la tenían a tiro.

Álvaro recordaba aquella primera reunión en la cafetería sevillana, la del acta fundacional, como gustaba de decir a Castellanos. Habían pasado ¿cuántos años?, ¿diez?, ¿doce?..., Ramayo podría decírselo con toda seguridad, trece años, la edad que tenían sus hijos. Trece años de quimeras, de compartir ideales inaplicables, de ir desgastándose poco a poco, consumiéndose por la lentitud de los políticos, por la crecida del mal de un modo lento e inexorable. ETA había dejado de matar.

Mejor dicho, de disparar; ya no aterrorizaba con tiros ni bombas, pero continuaba con la silenciosa campaña de terror que siempre la había caracterizado. Silenciosa y, ahora, silenciada. Cartas a empresarios, a concejales, a deportistas famosos, a personajes públicos…, cartas en las que nunca se utilizaban los términos *impuesto revolucionario o diezmo sangriento*, sino otros eufemismos tales como contribución a la causa de la liberación de la patria vasca y similares. Cartas y comentarios de doble sentido en los plenos de los ayuntamientos donde se habían logrado infiltrar. Ahora el terror era mucho más sutil, más refinado, más indetectable por observadores ajenos a lo que se vivía en aquellas tierras. Castellanos, Ramón y Álvaro se habían conjurado, por la memoria de Segovia, para combatir ese imperio del mal. Infinidad de proyectos y ninguna acción. Trece años baldíos. ¿Quiénes eran ellos para oponerse a una maquinaria sanguinaria respaldada a veces por la inepcia de los políticos? Ramayo recopilaba en el juzgado, hasta donde sus medios se lo permitían, información sobre causas penales de los etarras que caían bajo su jurisdicción; Álvaro, destinado ahora en Santoña, en el penal del Dueso, la completaba o la corregía, y veía la manera de aprovecharse de ella. Castellanos, apartado del mundo de la Administración, ascendido a instalador jefe en la empresa de un primo suyo que se había comportado con él como una mezcla de padre y hermano, los apoyaba en todo y recababa datos en lo que él conocía como trabajo de campo. ¡Cuántos operativos preparados y fallidos!, ¡cuántas conversaciones telefónicas, reuniones en mitad de camino, planes…, que habían acabado en nada! El mayor logro del grupo en el boicoteo a la banda criminal fue el extravío de varios expedientes de los que se denominaban a sí mismos presos políticos y que retrasaron sus procesos judiciales varios meses. Una victoria pírrica que les sabía a gloria y a muy poco. En el caso de cualquier otro pobre infeliz, si su sumario se hubiera traspapelado, podrían haber pasado hasta años sin que nadie pusiera el grito en el cielo, dada la saturación que sufría la justicia española, pero siendo algo que concernía a etarras, sus abogados detectaban enseguida el fallo y lo reclamaban hablando de torturas y otras zarandajas a las que tan aficionados eran. Trece años honrando la memoria de Segovia, manteniendo vivo su espíritu y su recuerdo. Y, al final, un regusto amargo. Gema había visto que desahogarse con aquellos dos amigos, peculiares donde los hubiera, le hacía bien a Ramón, por eso lo animaba a asistir a sus reuniones.

No era Gema la persona adecuada para enseñar a su marido a perdonar y a olvidar. La parte del cuerpo que le faltaba le recordaba a diario que olvidar era imposible, y perdonar solo cuando el lado contrario manifestaba arrepentimiento, de otro modo no cabía hablar de sana actitud. Gema, al igual que Ramón, en realidad, más que venganza, exigía paz, pero no una paz indiscriminada, a cualquier precio, vendiendo a coste de saldo la muerte de tantos y tantos inocentes asesinados sin motivo. Trece años y ahora podían resarcirse con creces de todo lo sufrido. Las circunstancias no les podían haber sido más propicias, y todo sin necesidad de seguimientos costosos, averiguaciones secretas…, en absoluto, habían planificado y montado el operativo ajustándose a la información que todos los medios de comunicación habían ido suministrando. A una noticia nefasta, descorazonadora, le había seguido una ocasión inmejorable: la rápida aplicación de la doctrina Parrot había dejado en la calle a decenas de asesinos, siendo muchos de ellos recibidos en sus localidades de origen como auténticos héroes. ¿Cabía estampa más triste? Gema llevaba años sin derramar una lágrima, si no era de felicidad, y, sin embargo, esa noche, viendo en el telediario cómo el responsable de varias muertes y autor del atentado que le cercenó la pierna, condenado a ochocientos veintitrés años de reclusión, salía en libertad aupado por una docena de personas, prorrumpió en desconsolado llanto. «Tanta lucha para esto, para acabar derrotados», explicó la mujer a su marido. Y Ramayo supo que las palabras de los políticos que hablaban de una derrota de ETA porque, al fin, se había avenido a luchar con las palabras, no podían ser más hueras. Y a partir de ahí las informaciones se llenaron de alusiones a la necesidad del pleno reconocimiento de la soberanía vasca, a la tregua definitiva y total, comunicados plagados de referencias al proceso de construcción nacional, del abandono, que no entrega, de las armas, de cese de las presiones de España…, de palabras que cada vez se mostraban más restrictivas y que se iban aceptando para que la bestia no volviera a despertarse. Y aplausos, y homenajes encubiertos, y ruedas de prensa abertzales, y el ninguneo de las asociaciones de víctimas del terrorismo, a las que se les llegó a decir que resultaba incómoda su insistencia en un momento como aquél.

Álvaro y Castellanos estaban juntos cuando escucharon la noticia. No intercambiaron palabra alguna, y cuando los telefoneó Ramón sabían de qué se trataba. Todos los presos etarras recientemente excarcelados se reunirían en una multitudinaria rueda de prensa para hacer oír su voz en conjunto. Los tres rogaron que ningún juez prohibiera aquella deshonrosa manifestación de fuerza, de afrenta a las víctimas, de ignominia teatralizada, y sus ruegos fueron escuchados. El acto se realizaría; no se veía interés en organizarlo con discreción para no levantar más suspicacias de las que ya existían, todo lo contrario, los organizadores parecían deleitarse adelantando hasta el más mínimo detalle de lo que sería aquel ultraje, jactándose de la impunidad con la que mostraban su juego humillante.

Era el momento. Los tres habían pensado lo mismo, por lo que la puesta en común fue breve. Suponían que sería muy complicado adentrarse en el pabellón polideportivo en el que se anunciaba el acto, que colarse ahí con el material necesario para reparar tanta ofensa requeriría de un plan muy estudiado. Y se calentaron la cabeza en vano. Tal sensación de victoria disfrutaban los etarras y quienes les daban cobertura, tal dominio de la situación les confería su seguridad, que no tomaron precaución alguna. Daba la impresión de que provocaban al resto del mundo con el mensaje de que como tenían la conciencia bien tranquila, se mostraban a cara y pecho descubierto, sin miedo.

Castellanos fue el encargado de colocar el artefacto. Su ropa de trabajo, su identificación de la empresa, sus herramientas le facilitaron un acceso que nadie controló. Si alguien le preguntaba, que no fue el caso, diría que lo habían enviado para verificar la instalación eléctrica, o para reforzar el equipo de sonido. No fue cacheado por nadie; tanto trabajo disimulando el amonal en el doble fondo del maletín de trabajo para nada. El resto de componentes del artilugio explosivo no precisaba ocultación: cables, un par de chips, varios bornes, un cebo diminuto… La fortuna que les había sido esquiva durante trece años ahora les sonreía. Detrás de la mesa desde la que unos cuantos miembros destacados del grupo tomarían la palabra, habían colocado una tarima en escalera para que cupieran, de pie, el resto de los presos excarcelados. Como no podía ser menos la tarima se hallaba recubierta de banderas y pancartas de las que tanta aversión causaban a la gente de bien, ideal para poder transitar bajo el estrado y montar el dispositivo explosivo con cierta tranquilidad. Castellanos había sido también el encargado de fabricar la bomba, lo aprendido en la empresa le había servido bastante, si bien tampoco se necesitaba ser un genio para ensamblar cuatro cables, un detonador y la carga. Ramón había conseguido el amonal, una cantidad discreta hurtada del depósito judicial de pruebas, lo suficiente para que la explosión solo afectara a los que estaban muy cerca. Álvaro y Ramayo esperaban en las inmediaciones del pabellón, sirviendo de cobertura a Castellanos. No podían dejarse ver juntos, así que, una vez que el gallego salió del edificio, cumplida su parte, fue Álvaro quien, con una acreditación falsa de periodista, ocupó el lugar reservado a la prensa, el más alejado que encontró, pues en su bolsillo descansaba el mando a distancia de un puerta de garaje preparado para hacer detonar la bomba.

Según fueron apareciendo los abyectos protagonistas al acto, Álvaro sintió que se le encogía el corazón. Se saludaban, se abrazaban, sonreían, bromeaban entre ellos y, entre risas iban ocupando su lugar en los escalones, en aquella pirámide del horror, ¡cuánta destrucción se acumulaba en aquel escaparate! Más tarde lo dirían las noticias, hablarían de la estudiada puesta en escena de lo macabro, pero Álvaro adelantó que entre todos los allí formados, tan en su papel de luchadores por la libertad, tan con cara de no haber roto un plato en su vida, fácilmente podían sumar más de trescientos asesinatos. Ojalá la bomba tuviera la suficiente potencia para no dejar vivo a ninguno de ellos. Y a los de las primeras filas, las que les tiraban besos e intercambiaban con ellos gestos de triunfo, que quedaran cojos, mancos, lisiados de por vida. Aun así, no se compensaría tanta muerte causada.

Álvaro se encontraba mucho más sereno de lo que había previsto. No le temblaba la mano, como tampoco le temblaría el pulso cuando tuviera que apretar el botón. Lo sabía. Lo reconfortaba comprobar que, a excepción de los simpatizantes y de los reporteros, nadie más había acudido a aquella convocatoria. Comenzó el acto entre una salva de aplausos. A Álvaro le entró una duda, mínima, pero duda al fin. ¿Y si se había convocado aquella rueda de prensa o como quisiera llamarse para pedir perdón?, ¿cambiaría eso algo? Se trataba de un extremo que no habían debatido en el grupo, acaso porque se les antojase imposible, tal vez porque los cegase el ansia de escarmiento. ¿Apretaría el botón si las palabras de los de aquella mesa hablaban de arrepentimiento sincero? La decisión recaía sobre él. Y nunca tendría que lidiar con el cargo de conciencia que había asumido de haberse dado el caso, porque no se dio. ¿Palabras de perdón?, ¿de arrepentimiento? Ninguna. Exigencias y exigencias, aquello era la enésima escenificación de la ceremonia de la victoria anticipada. Era el momento, que no envenenasen ni un segundo más el aire viciado que ya estaban respirando cuantos llenaban el pabellón. Metió la mano en el bolsillo y buscó el mando. Con el índice acarició el botón, la yema del dedo rodeó el contorno, y cuando iba a apretar, una voz se levantó por encima del resto. «Hemos hablado de mil quinientos años de prisión, pero también aquí hay trescientas nueve víctimas, sobre esta mesa…». Un joven se había levantado de la zona reservada a la prensa y caminaba hacia los etarras, increpándolos, de manera educada, pero firme. ¡Otro búfalo como Segovia! Álvaro lo admiró desde ese mismo momento. «…Tenemos todas las cámaras delante…, estos aplausos son por si queréis pedir perdón…».

Y el joven aplaudía con parsimonia.

—… ¿No tenéis que decir nada?, ¿de verdad que no tenéis que decir nada? Yo tengo aquí mi cámara, y si alguno quiere pedir perdón, os la presto…

Alguno de los organizadores, después de superar el desconcierto causado por aquel espontáneo, se le acercó para invitarlo a salir. Pero él insistía:

—… Si habláis de un conflicto, si habláis de un problema, si habláis de paz, yo creo que lo suyo es pedir perdón…

Ya eran tres los que lo rodeaban, empujándolo para que se retirase.

—… ¿Qué habéis ganado?, ¿qué habéis ganado matando?, ¿qué habéis ganado? Aquí hay trescientos nueve muertos y no habláis de ellos, aquí nadie habla de ellos…

Un solo búfalo contra toda una manada de leones, leones y hienas. Álvaro no podía apretar el botón, todavía no, ese muchacho no se merecía un fin así, todo lo contrario, habría que erigirle un monumento encomiando su valor.

—¿No tenéis la hombría, la dignidad y la vergüenza de decir «queremos pedir perdón»?

Desde la mesa, uno de los portavoces, con voz aturullada, acertó a mascullar:

—Hemos dicho que no se va a responder a ninguna pregunta.

Eso era lo que aquellos lobos pésimamente disfrazados de corderos entendían por diálogo, así había sido siempre: negociamos, sí, pero en estos términos: nosotros hablamos y exigimos y vosotros calláis y aceptáis, de otro modo se rompe la negociación.

El valiente insistía:

—…Yo creo que ya es hora de pedir perdón…

Algunos de los recién liberados, desde su atalaya nacionalista, se removían inquietos, miraban hacia otro lado; uno se recolocaba la chapela, otro quitaba imaginarias motas de polvo de la capucha de su trenca, pero la mayoría le mantenía la mirada al joven, una mirada torva.

—…Yo hablo en nombre de la paz, en nombre de la dignidad, en nombre de los años que habéis pasado en la cárcel…

A esas alturas ya se le habían echado encima todos los simpatizantes del acto, rodeándolo para acallar su voz discordante. Sus últimas palabras se perdieron a la salida del pabellón. Había cámaras de televisión delante y no pudieron tratarlo como a todos aquellos carroñeros les habría gustado, con crueldad, ensañándose con él, amenazándolo de muerte, ninguneándolo. Era obligado mantener las apariencias, al menos en cuanto a las formas, pues por las palabras quedaba demostrado que eso seguía importando poco. Alguien tuvo la ocurrencia de intentar quitarle hierro al asunto comentando que aquél era un aprovechado en busca de su minuto de gloria.

Prosiguió el acto. Alguna referencia incómoda por parte de los de la mesa hacia ese incidente, calificándolo de loco o de personaje con ganas de llamar la atención, y a otra cosa, a lo que de verdad interesaba, a exigir todo y a no dar nada. Lo queremos todo, lo queremos ya, era la traducción del mensaje que se estaba enviando al país, lo queremos todo y lo queremos ya, de lo contrario volveremos a recrudecer los mecanismos del terror.

Álvaro apretaría el botón. Los malos se mantenían en sus trece. O peor, continuaban imponiendo sus imposibles ideas pero ahora con la pátina del disfraz de la legalidad. Apretaría el botón, sí. Tenía el mando en la mano, lo apretaría, alguien tenía que poner fin a aquella locura…, lo apretaría…, pero… Lo apretaría, pero no podía, ahora no podía. No podía comportarse como un cobarde cuando segundos antes había presenciado el ejemplo de un valiente sin remisión. Les iba a fallar a sus compañeros, pero no podía, era incapaz de apretar aquel botón, no porque no tuviera ganas de ver cómo reventaban por los aires aquellos asesinos indultados, sino por él. No consumaba la venganza por egoísmo, porque sabía que toda la vida estaría recordándose lo vil que había sido su decisión. Sacó la mano del bolsillo y se marchó aprisa. Tampoco quería que su determinación de última hora diera al traste con las expectativas, así que, cuando salió fuera del alcance de curiosos, echó a correr hacia el coche donde estaban apostados Juan Manuel y Ramón.

—¿Ha fallado el dispositivo? No hemos oído nada. ¿Tenía poca potencia? —se apresuró a preguntar Castellanos.

Negó con la cabeza.

—No he podido, lo siento, no he podido…

Y le tendió el mando a Ramón, quien se apresuró a cogerlo, a arrancarle de la chaqueta la acreditación de prensa y a correr hacia el pabellón. El tiempo apremiaba.

Mientras veían desaparecer tras la esquina a Ramayo, Álvaro metía la cabeza entre las manos y aceptaba el consuelo de su amigo.

Ramón llegó a tiempo, casi sin resuello, pero sin levantar sospechas. No había ojos nada más que para los actores principales y secundarios de aquella representación histórica. El escenario perfecto, los leones reunidos, todos, para rugirle al mundo entero que eran ellos los reyes de la selva, la selva en la que habían convertido al País Vasco con sus amedrentamientos continuos. Ramón agarró el mando sin sacarlo del bolsillo y se dispuso a apretar el botón. En breve la tarima explotaría y él tendría que salir corriendo. Con el caos que se crearía nadie repararía en él.

Pero se acordó de Gema, de sus hijos… Su mujer siempre lo había apoyado, siempre, y pasara lo que pasase continuaría haciéndolo, y sabía que cuando regresara a casa y no le hiciera falta decir de dónde venía y lo que había ocurrido, ella lo abrazaría. Pero antes de salir, cuando por la decisión de su mirada supo que aquel viaje, aquella reunión con sus amigos, era algo distinta a las demás (no sabría precisar por qué, pero lo percibía), le dijo: «Ramón, todos queremos la paz, pero recuerda que no a cualquier precio, y mucho menos al precio de la libertad, de la nuestra». Ramón lo había interpretado como una advertencia de que tuviera cuidado para que no lo descubrieran, para que no dejara el menor resquicio a la posibilidad de acabar en prisión. No obstante, en ese momento, con el dedo sobre el botón, entendió el verdadero significado de las palabras de Gema, se refería no a la libertad física, no al miedo a terminar en la cárcel, sino a la libertad interior. Si apretaba el botón él ya nunca jamás volvería a ser libre, quedaría preso de su propia conciencia para los restos, de no haber sabido ser mejor que aquellos a los que odiaba porque habían intentado arruinar la vida de su esposa, la de Castellanos, la suya propia, la de cientos de familiares de víctimas del terrorismo. Si apretaba el botón se iba a convertir en uno de ellos. Quizás lograra la paz, una paz social quebradiza, fundamentada en el miedo de los leones a la rebelión de los búfalos, sin embargo se despediría de la libertad, y ese era un precio impagable, innegociable. ¿Con qué cara se miraría cada mañana al espejo al saber que había traicionado lo básico en una sociedad democrática?, ¿era ese el tipo de padre que quería ser para sus hijos? No, no apretaría el botón, y ya daba igual correr hacia el coche para ver si Castellanos tenía más arrestos que ellos dos. Conocía lo suficiente al gallego para saber que, en última instancia, tampoco enturbiaría la memoria de Segovia con un acto tan execrable.

Aguardó a que concluyera el acto y, tranquilamente, paseó hasta el coche. Al llegar, con la incomodidad del poco espacio, se abrazaron los tres. Y no intercambiaron ni una sola palabra hasta pasados unos minutos, cuando el vehículo se había puesto en marcha sin dirección concreta.

—Creo que unas cervezas nos vendrían bien a los tres. Si queréis yo me tomo un café y así conduzco —se decidió a hablar, por fin, Ramón—, aunque entonces ya no sería la conjura de los tercios.

Los tres coincidieron en el pensamiento: ¡Valientes justicieros eran!, ¡si ni siquiera estaban dispuestos a quebrantar la ley compatibilizando conducción y alcohol!

Y rieron.

Fue la última vez que coincidieron. No volvieron a intercambiar llamadas, ni cartas, ni correos electrónicos, y no porque se sintieran avergonzados de haber fracasado, sino por todo lo contrario, porque habían caído en la cuenta de que el grupo había dejado de tener razón de ser una vez que habían conseguido su objetivo: demostrarse a sí mismos que estaban muy por encima, a años luz de distancia, de aquellos a los que combatían, y que bien probado habían dejado que continuaban creyendo en la construcción de un mundo más habitable, cimentado en la paz y en la libertad, sin recurrir a las armas, aunque posibilidades para ello no les faltasen.

El hecho de que los organizadores no le hubieran dado publicidad al descubrimiento de un artefacto explosivo en el pabellón, hablaba bien a las claras del modo en el que querían seguir jugando sus bazas. Castellanos había alertado de su existencia llamando desde una cabina a la redacción de *Gara*.

—¿Quién reivindica el atentado? —le había preguntado el periodista.

—Tres búfalos a los que les sobran cojones. Pero también dignidad. Y no ha sido un atentado, sino un aviso para navegantes, una lección.

Y colgó, levantando el pulgar en dirección hacia la mesa en la que sus dos compañeros celebraban el comienzo del fin.

Ninguno volvió a tener más pesadillas.

La Asociación Pro Guardia Civil (APROGC), se constituye como una asociación profesional privada y sin ánimo de lucro. Está compuesta por guardias civiles de todas las escalas y empleos, creando así un cauce de participación abierto a todos los miembros de la Guardia Civil, sin distinción alguna, con la intención de que sientan el orgullo de pertenecer a este cuerpo y la necesidad de armonizar la evolución de la institución con la perseverancia en su prestigio y su naturaleza.

Su creación en el año 2010, no puede entenderse sin tener bien presente que a lo largo de sus más de 177 años al servicio de la sociedad, la Guardia Civil ha venido demostrando altas cotas de profesionalidad y eficacia en el desarrollo de sus funciones, y muy particularmente en la protección de la seguridad ciudadana, hasta el punto de ser la única institución española con el título de «Benemérita».

Así se ha situado siempre entre las instituciones más valoradas por la población, con un prestigio reconocido incluso más allá de nuestras fronteras.